土碳 自序

❀ **土碳**

❀ 著有：淬鍊的土碳

❀ 土碳本名何宜華，生於1962年濱海公路旁的望海巷小鎮。

❀ 畢業於市立師專、經國學院、曾經在教育大學修習碩士學分。

❀ 很多人都問我，妳為什麼要叫做「土碳」，取這麼土的名字？會叫這麼土的名字，那是因

❀ 為小的時候我家就是賣煤炭維生的，所以理所當然外號就叫做「土碳」。

❀ 大家除了叫我土碳，也常常會把我的本名「宜華」叫成「宜樺」，

❀ 真的很可惜耶！我的名字不只「一畫」而已，而是好幾十畫。在我的名字裡是沒有木頭可

❀ 以當靠山的，所以不是「宜樺」啦！而是無名小卒「宜華」。

U0039105
9789869335669

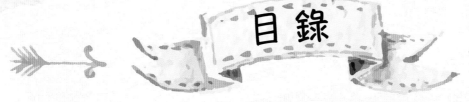

目錄

臺灣水牛
小米粒和怪獸、閃電、棉花

三位媽媽以及兩個哥哥，
就住基隆河岸邊的草原。
餓了就吃綠油油的青草，
渴了就喝基隆河的水，
無聊的時候就洗個泥巴浴，在地上打個滾
累了就躺在軟綿綿的大草原上睡覺。
這一幕，
全被騎腳踏車經過的小美看見了。

耶！你看
河邊有小牛

1

小ㄒㄧㄠ米ㄇㄧ粒ㄌㄧ和ㄏㄜ三ㄙㄢ頭ㄊㄡ母ㄇㄨ牛ㄋㄧㄡ以ㄧ及ㄐㄧ兩ㄌㄧㄤ個ㄍㄜ哥ㄍㄜ哥ㄍㄜ
感ㄍㄢ情ㄑㄧㄥ很ㄏㄣ好ㄏㄠ形ㄒㄧㄥ影ㄧㄥ不ㄅㄨ離ㄌㄧ。
有ㄧㄡ一ㄧ天ㄊㄧㄢ怪ㄍㄨㄞ獸ㄕㄡ媽ㄇㄚ媽ㄇㄚ告ㄍㄠ訴ㄙㄨ牠ㄊㄚ們ㄇㄣ：
「這ㄓㄜ裡ㄌㄧ的ㄉㄜ青ㄑㄧㄥ草ㄘㄠ變ㄅㄧㄢ少ㄕㄠ了ㄌㄜ，我ㄨㄛ要ㄧㄠ到ㄉㄠ對ㄉㄨㄟ岸ㄢ去ㄑㄩ尋ㄒㄩㄣ
找ㄓㄠ新ㄒㄧㄣ的ㄉㄜ草ㄘㄠ原ㄩㄢ，你ㄋㄧ們ㄇㄣ要ㄧㄠ乖ㄍㄨㄞ乖ㄍㄨㄞ聽ㄊㄧㄥ閃ㄕㄢ電ㄉㄧㄢ媽ㄇㄚ媽ㄇㄚ
和ㄏㄜ棉ㄇㄧㄢ花ㄏㄨㄚ媽ㄇㄚ媽ㄇㄚ的ㄉㄜ話ㄏㄨㄚ，
不ㄅㄨ可ㄎㄜ以ㄧ吵ㄔㄠ架ㄐㄧㄚ喔ㄛ！」

怪獸媽媽一去就是三天，
讓小米粒非常想念牠。
就在小米粒最想念媽媽的時刻，
對岸傳來怪獸媽媽的呼喊聲：
「孩子們，快來這裡，這裡的青草好嫩啊！」
這時陪伴在小米粒身旁的棉花媽媽聽見了，
就大聲回應：
「太好了！我馬上帶著大夥兒渡河去。」

哞！
快帶小牛過河！
這裡的青草又香又
甜。

Ok！
我馬上帶小
牛過河

3

哇！不好了
三隻小牛都掉進泥坑了

小米粒聽見怪獸媽媽的呼叫聲後，興奮地和兩隻牛哥哥，爭先恐後、你推我擠，想要快點到達對岸。

沒想到就在相互推擠下，小米粒閃避不及，一腳就踩進泥坑中而動彈不得，兩隻牛哥哥似乎有些懊惱，牠們在小米粒身旁打轉，想要快點營救小米粒時，一個不留神，兩隻牛哥哥也同時陷入爛泥之中……。

牛媽媽們全停下了腳步，
焦急著教小牛們如何脫困，
沒過多久，
牛大哥用腳一踢滾出泥坑，
牛二哥掙扎了兩三下，用腳一蹬，
也順利的將腳拔出了泥地。
只剩下小米粒還在泥地裡翻滾。

天啊！
完了！

小米粒的腳
好像拔不起來了？

看到哥哥們都脫困了，小米粒緊張了起來，
牠害怕地叫了出來：
「救命啊！救命啊！哥哥沒辦法救我了。」
小米粒的呼救聲，讓遠遠望著孩子的怪獸
媽媽著急的喊著：
「對岸的小寶貝啊！你要勇敢喔！」
「我相信你一定可以把腳拔出泥地。」

時間一分一秒的過去了，
小米粒仍然陷在泥坑中，
牠露出驚慌恐懼的眼神，
牠害怕的叫著：
「這爛泥巴好像是強力磁鐵，把我的腳牢牢地吸住了！」
岸上的牛隻聽見了，全都露出驚訝和擔心的表情。

牛ㄋㄧㄡˊ的ㄉㄜˊ呼ㄏㄨ叫ㄐㄧㄠˋ聲ㄕㄥ，
讓ㄖㄤ一ㄧ群ㄑㄩㄣˊ
騎ㄑㄧˊ車ㄔㄜ經ㄐㄧㄥ過ㄍㄨㄛˋ的ㄉㄜˊ小ㄒㄧㄠˇ朋ㄆㄥˊ友ㄧㄡˇ，
全ㄑㄩㄢˊ停ㄊㄧㄥˊ下ㄒㄧㄚˋ腳ㄐㄧㄠˇ步ㄅㄨˋ觀ㄍㄨㄢ看ㄎㄢˋ！」

8

哞哞…

天啊！求求您
送我一對翅膀
讓我用飛的
去救小米粒吧！

想要快點脫困的小米粒，
不停地左右晃動，
導致鬆軟的泥巴越變越黏，
讓牠的雙腳越陷越深，
牠害怕地嚎啕大哭了起來，
小米粒的哭聲，
讓遠在對岸的怪獸媽媽，
聲嘶力竭的發出吼叫：
「哞… 哞…」
「小寶貝啊！不要哭！不要怕！」

9

我真想拿鏟子把小米粒的腳鏟起來。

嗚…我要媽媽

不要怕！我會保護你。

「嗚×…嗚×…我要ㄠ媽ㄇ媽ㄇ…我要ㄠ媽ㄇ媽ㄇ。」
此時ㄕ，站ㄓ在ㄗ小ㄒ米ㄇ粒ㄌ身ㄕ旁ㄆ的ㄉ閃ㄕ電ㄉ媽ㄇ媽ㄇ著ㄓ急ㄐ地ㄉ來ㄌ回ㄏ踱ㄉ步ㄅ，並ㄅ大ㄉ聲ㄕ說ㄕ著ㄓ：
「小ㄒ米ㄇ粒ㄌ啊ㄚ！不ㄅ要ㄠ怕ㄆ！不ㄅ要ㄠ怕ㄆ！我ㄨㄛ會ㄏㄨ保ㄅ護ㄏ你ㄋ。」

「你ㄋ只ㄓ要ㄠ把ㄅ腳ㄐ抬ㄊ高ㄍ，往ㄨ右ㄡ邊ㄅ一ㄧ跨ㄎ，就ㄐ可ㄎ以ㄧ走ㄗ出ㄔ這ㄓ泥ㄋ地ㄉ。」
可ㄎ是ㄕ小ㄒ米ㄇ粒ㄌ說ㄕ什ㄕ麼ㄇ也ㄧㄝ不ㄅ肯ㄎ移ㄧ動ㄉ雙ㄕ腳ㄐ，牠ㄊ怕ㄆ一ㄧ挪ㄋ動ㄉ腳ㄐ步ㄅ，就ㄐ會ㄏㄨ讓ㄖ泥ㄋ巴ㄅ把ㄅ腳ㄐ卡ㄎ得ㄉ更ㄍ緊ㄐ。
不ㄅ敢ㄍ輕ㄑ舉ㄐ妄ㄨ動ㄉ的ㄉ小ㄒ米ㄇ粒ㄌ，就ㄐ這ㄓ麼ㄇ呆ㄉ呆ㄉ地ㄉ站ㄓ在ㄗ原ㄩ地ㄉ，讓ㄖ站ㄓ在ㄗ河ㄏ邊ㄅ觀ㄍ看ㄎ的ㄉ小ㄒ美ㄇ著ㄓ急ㄐ想ㄒ著ㄓ：
「如ㄖ果ㄍ我ㄨㄛ有ㄧㄡ一ㄧ把ㄅ鏟ㄔ子ㄗ就ㄐ能ㄋ幫ㄅ助ㄓ小ㄒ米ㄇ粒ㄌ了ㄌ。」

10

看我的厲害
無敵甩尾功
轉轉轉轉……
甩甩甩…甩…

這時，閃電媽媽想出一個好方法，
牠用尾巴對著小米粒的身體搧來搧去，
並對著小米粒說：
「小米粒啊！被我的尾巴打到會很痛喔！
你趕快抬起腳，就可以跳出泥坑，
就不會被我的尾巴甩到了。」

可是小米粒的腳就是不肯動一下。
棉花媽媽看了很擔心，只好使出殺手鐧，
牠用銳利的眼神和犀利的牙齒，鎖定了小米粒：
「衝啊～！我用牛齒來救你了。」
由於棉花媽媽並沒有真的使力，只在小米粒的屁
股上輕輕頂了一下，所以，小米粒根本沒有感受
到威脅，牠依然穩如泰山的站在原地不動。

呆站在泥坑的小米粒，久久都無法脫困，
牠緊張了起來，再次地發出求救聲：
「嗚…嗚…我要媽媽，我要媽媽！」
小米粒的呼救聲，讓閃電媽媽聽了很著
急，牠不顧一切地跑到邊坡上，再使出全
力往下衝，只見泥坑濺起了水花，
一攤爛泥不偏不倚地噴在小米粒身上，
小米粒受到驚嚇之後，
竟然一口氣地跳出泥坑。

讚乀！

好棒乀！
我們一起幫
牛哥哥拍拍手

大家跟
著我排隊
一起渡河

小米粒終於從泥坑中脫困了，
棉花和閃電媽媽
總算鬆了一口氣，
領著牛群們準備渡河。
為了保護小牛下水，
棉花媽媽走到渡口時，把大家
分成兩組。
先領著兩隻牛哥哥渡河。

14

糟了！
牛哥哥
不見了？

啵...啵...啵

啵.啵

當牛群游到河中央時，水位變深了，
牛哥哥在水中載浮載沉著，
只見水裡有四個鼻孔，
一下子浮出水面，
一下子又沉入水底，
感覺牛哥哥就快被水淹死了，
在岸上觀看的小朋友們，個個屏住呼吸，為牛哥哥捏了一把冷汗……。

15

好棒啊！
棉花媽媽終於
帶著小牛渡河了

好棒乙！
我們一起幫
牛哥哥拍拍手！

時間分分秒秒的過去了，
當棉花媽媽的身體浮出水面後，
牛哥哥的身影也逐漸出現淺灘，
牛媽媽和牛哥哥終於走上岸邊，
此時，岸上的小朋友們，
響起了一陣歡呼聲，
大家終於替小牛鬆了一口氣。

咦~！奇怪了，對岸的牛隻，
怎麼全都回頭轉向岸邊？
哦！原來是第二組正準備渡河的小米粒，
小米粒的腳一碰觸到河水，就不敢往前走了。
閃電和棉花媽媽只好以前後包夾的方式，
指揮小米粒涉水挺進並對牠說：
「我們是水牛，你一定得學會游泳。」
但是，小米粒的腳才踏進水裡，馬上就嚇得哇哇大叫，
將腳縮了回去。讓身旁的閃電媽媽擔心的叫著：
「不要怕！不要怕！我們都會保護你。」

17

閃電媽媽
焦急的說：
不要怕！
我會保護你

水好急
水好冰
水好深
我好怕

小寶貝不要怕！
不要怕！我來保護你

在棉花和閃電媽媽鼓勵下，小米粒再次
將腳踏入水中，卻馬上又縮了回來，
牠頭一轉，就想要逃跑 …。
閃電媽媽只好用頭上的角，頂住小米粒
的去路，小米粒害怕地喊著：
「救命啊！救命啊！媽媽快來救救我啊！」
對岸的怪獸媽媽，聽見呼救聲，也跟著嘶
吼了起來：
「不要怕！不要怕！我來保護你了。」

18

怪獸媽媽腳步驚慌，牠快速走向
河床上的沙洲，似乎很擔心小米粒的安危。
然而小米粒卻停在岸邊，不願向前再走一步，
怪獸媽媽以迅雷不及掩耳的速度衝過河面，
游向小米粒，當怪獸媽媽快抵達岸邊時，
只見小米粒又叫又跳地踩著水花，
迫不及待的往怪獸媽媽方向衝了過去。

母子終於在在淺灘中相會，
此時怪獸媽媽瞇著眼睛舔著小米粒，
小米粒朝著怪獸媽媽撒嬌：
「媽媽，媽媽，媽媽！」
小米粒叫了幾聲後，就站在河中央，
毫不猶豫的吸吮著怪獸媽媽的奶了。
這一場感人的母子相會，
就在眼前真實呈現……。

啾啾啾-嗯----！
媽媽的奶好香喔！

好奇怪喔？
為甚麼剛才陪伴
在小米粒身旁的母
牛，不是小米粒的
親生媽媽呢？

20

　　看完了感人的水牛母子相會，
小美忍不住對著遠方的母牛
大聲喊著：
「牛ㄛ，我－愛－你」
「牛ㄛ，我－好－愛－你」
小朋友們也跟著小美，
大聲地喊著：
「牛－我－愛－你－」
「牛－我－好－愛－你－」
圍觀的人，全都笑出了聲音……。

珍惜和媽媽 修煉千年的每一個緣份 (1)

作者：土碳　　友情插圖：朱恩德

看到牛的故事，彷彿讓我回到小時候，回到望海巷的老家，看到了我的母親，也看到了她苦難坎坷的人生。

我的母親一連生下十三個小孩，父親被巨石壓傷，母親為了醫治爸爸的病，為了讓嗷嗷待哺的孩子，能夠活下去，她飽受艱辛、苦難不斷……，而小時候的我，卻只知道自己無法得到母親一丁點的愛，不知道外表堅強的母親，她內心是多麼的脆弱與悲痛。

批煤炭轉賣是媽媽賺錢的工作。我經常跟隨媽媽去礦場採買煤炭，

當媽媽付清煤炭的錢後，礦場的員工就會啟動機器，讓煤炭從輸送帶輾轉運到車內。一般而言，運煤都是由大卡車裝載，很少使用三輪馬達車。而我們家買不起大卡車，只好由三輪馬達車代為載貨。因此，在運輸的過程中，輸送帶無法精準將煤炭落至車體內，導致很多煤炭散落一地，造成載貨量嚴重不足，媽媽看了傻眼又很心疼；因為每掉落一塊煤炭，我們將會損失一些錢財。為此，媽媽要我跟著她蹲在地上，去撿拾掉落地上的煤炭，這讓礦場壯漢雇員很火大，他趁著我和

媽媽彎腰撿拾煤炭時，用力地將我和媽媽推開，當媽媽費了九牛二虎之力正要起身時，立刻又被推倒地上。斜躺在地上的我，目睹了四腳朝天、倒臥地上的媽媽，奮力掙扎翻身想要坐起來……，這時，血花卻從她的鼻腔和嘴角中噴了出來，礦場壯漢看見了，竟冷血的再次伸腳，猛力補踹媽媽的肚子……，才九歲的我，只能驚恐呆坐地上，用無助地眼神喊著：「嗚……不要踢我媽媽，嗚……不要踢我媽媽。」淚水止不住內心的驚恐；小時候，母親為了養活一家人，只能讓這樣的戲碼反覆不斷上演……。

被媽媽呵護的感覺到底是什麼呢？這個疑問一直深藏在我的內心，但是，當我仔細回味，重新的回憶這些過往，我已全然明白，媽媽為甚麼無法兼顧對我的愛，原來她

不忍讓孩子在飢寒交迫中挨餓受凍。

所以，她必須身兼數職，她必須堅強帶領著我們咬牙度過各種難關。在父親生病的日子，曾經有彪形大漢闖入家裡，把兩歲妹妹高高舉起作勢摔死，母親因為太過擔心她十個女兒容易受到欺負。所以，只能將所有擔憂與不放心化成「嚴苛的教育」，只期望我們能夠平安長大、出人頭地。其實，在嚴格的背後，是媽媽的淚水，也是母親對我們的愛。

「愛」是付出，愛是「責任」，愛是「不求回報」。當我在河邊，親眼目睹剛出生的小牛，備受母牛呵護時，立刻化身為故事中的小美，忍不住對牛大聲說著：「牛喔！我愛你」，彷彿是我在對亡母說著：「媽媽！我愛你」。

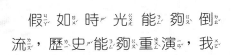

　　假如時光能夠倒流，歷史能夠重演，我多麼盼望能夠牽著媽媽的手，對著她說一聲，這輩子從未說出口的：「媽媽！我愛您！」

　　希望能藉由「牛」的這則故事，深入孩子的內心世界，幫助更多兒童體會「母愛」是無所不在的，並且感受「母親」就是孩子的燈塔，媽媽在哪兒？哪兒就是最快樂的地方。

　　來吧！讓我們跟著「牛！我愛你」去發現媽媽的「愛」，

　　原來充滿在世界的每一個角落，並珍惜身邊修煉千年的每一個緣份。

珍惜和媽媽修煉千年的每一個緣份 (2)

作者：土碳　　友情插圖：木星蝶

狗也愛牛

如果同船共渡需要十年修煉，那麼默默與我相伴陪伴左右的小乖，要修煉多少年呢？

往事如過往雲煙，卻又歷歷在目……十多年前在學校附近，我發現一隻被遺棄的小狗，在校園附近徘徊，看見路人就起搖尾巴，眼神露出渴望和乞求，骨瘦如柴的身軀只見滿身髒污和黯淡的皮毛，看得出牠多日未進食。

從附近住戶口中得知：牠是一隻被主人遺棄多日的流浪狗，希望有善心人士能收留牠。

小狗哀傷的眼神，觸動了我的每一根神經，讓我不敢多看一眼。但是我內心的憐憫之情，卻不斷擴張再蔓延……。於是我給牠食物、幫牠洗澡，帶牠看了獸醫，「小乖」變成我家的一份子。

小乖是一隻西施犬，膽子很小，只會上樓梯卻不敢下樓梯。愛撒嬌的牠跟著我們去爬山，只走一小段路後，就會趴在地上要賴，無論我們如何再三催促，牠就是無動於衷，就算千呼萬喚，牠也不為所動的賴在地上；哥哥見此狀，故意拉起他的前腳往前往後轉圈，希望小狗趕緊站起來，但是小乖就是不動

26

如山，就算我們故意走遠，牠仍舊不急不緩待在原地休息。然而每次我們假裝走遠再回頭探望牠時，牠竟然用祈求的目光望著我們，眼角還會閃著淚光、裝出一副可憐兮兮的樣子，任人看了都會心疼和不捨。牠就是抓準了我們的心理，知道我們會心生憐憫，進而肆無忌憚的癱軟在地上，就是為了要博取同情，讓心疼牠的爸爸，能夠揹著牠去爬山。

每當牠的計謀成功，趴在爸爸的背後，總是得意洋洋，那如同翻書的臉，立刻轉換成威風凜凜，還不時露出戰勝驕傲的神情，並張口發出：「哈哈哈哈哈哈！」的笑聲，似乎在炫耀示威：我已經得勝了，真讓人哭笑不得。

日漸發胖的小乖，每走幾步路，就會乞求抱抱，牠的體重已超出我的負荷，所以我只能騎著腳踏車載著牠到河邊散步。

每當我看著河邊野放的牛群，優遊自在玩耍時，就會忘情的喊著：「牛！我愛你！」

沒想到小狗看到牛，也會立刻的從車籃子裡站起來，和牛對望並且發出：「汪！汪汪汪！」的聲音和我附和，好像也在對牛說著：「牛！我也愛你！」

河邊的牛群，每次聽到我們的呼叫聲，就會抬頭和我們對望，小牛也會興沖沖的跑向小狗，似乎是在迎接小狗到來，而埋頭正在吃草的母牛，只要瞥見小狗來了，便立刻提高警覺；當母牛發現小牛奔向小乖時更是不安的「哞哞哞」，對著小狗嘶吼，好像在警告小乖：「你這隻臭小狗，離我的牛小孩遠一點。」被母牛這麼一吼，不知天高地厚的小乖會發出：「嗯嗯嗯嗯」的怪聲，還拼命對著母牛猛搖尾巴，好

像在安慰母牛：「母牛啊！我只想跟小牛交朋友啦！」我可以感受到，小乖跟我一樣喜歡牛隻。所以下班後的黃昏，是小乖最期待的時刻，因為我會騎著腳踏車，載著牠去尋找牛兒的足跡。這樣愜意令人陶醉的時光，持續好長一段日子。

時間晃眼就過去了，小乖已經16歲，變成一隻老犬，體力已大不如前，但是，唯一不變的是，牠還是每天陪著我去看牛。

有一天，我們一起去河邊看牛時，發現一群野狗正在攻擊牛群，體力很差的小乖無視自己身體能否負荷，牠飛快地跑向河邊：

「汪汪！汪汪汪-！」

拼命對著野狗狂吠，好像要去營救小牛似的，我反倒是擔心起小乖的安危，拾起身旁的石頭，就往野狗群裡猛丟，瞬間戰況馬上翻轉，一群野狗夾著尾巴四處竄逃，消失

的不見狗影。但是戰勝的小乖，此時已氣喘吁吁地攤在一旁……。

幾天後，我帶著小乖看完醫生，準備要去上班，小乖竟深深地看了我一眼，好像深怕離開我似的，我抱起牠，輕輕撫摸著牠的頭：「小乖，媽咪要去上班了，你要乖乖地在家裡等我下班回來喔！」抱起狗兒的瞬間，立刻發覺牠的身體有些冰冷，我怕牠會冷，於是幫牠蓋上了小被子。

下班回家後，小乖真如其名，乖乖的靜靜地趴著永遠地睡著了…。陪我16年的小狗，靜悄悄地走了。

我將小乖放置在三芝的寵物天堂。

小狗離世後，我真的好想念牠，想著，夜半裡牠依偎在我的身邊，摩蹭著我的臭腳丫，想著和牠一起爬山、一起去看牛的日子…，那一景一幕彷彿又沖襲回來，讓我好想去狗

墓園看地。但是，礙於墓園距離太遠，只能爬到翠湖山頂，遠眺安葬小乖的墓園。

這天當我爬到山頂，對著山的那頭遠望時，思念小乖的情緒突然湧現，淚水立刻模糊視線，我忍不住對著山的那一頭大聲的吶喊：

「小乖-媽咪想你-」不喊也罷，才喊了聲小乖，蘊藏在內心已久的思念之情，如排江倒海齊湧心頭，原本該喊小乖的聲音沒想到竟然變成：

「小-小-小----乖乖乖乖----」悲傷的淚水哽在喉頭，把原來的聲音變成：

「媽咪----想想想--你-嗚嗚嗚--」我的聲音在山裡傳得很遠很遠，回音居然迴盪在山谷之間，久久沒有消失，讓我有著時空的錯覺，

「小小—小小小」

「乖-乖--乖乖乖--」餘音不斷繚

繞著當我聽得入神時，竟然有人接著回答：

「我我-我-在-家家家--啦-啦啦啦--」這回音讓我無比揪心肝，我這麼地傷心，居然有山友還能這樣嘲諷我，我哽咽想繼續喊著：「小乖，媽咪想你」但是悲傷、失落讓我喊出來的字句變調

「小小乖-乖乖-媽媽--媽--想想想---想你----」

「媽媽—想想想—你你你你你----」孤獨的山風吹來的山裡的回音

「媽媽想想想想你你你你你----」

「夭夭夭-壽-壽壽-喔-喔喔喔！」

「驚死—死死死了了了了-！」

「有有鬼—鬼鬼鬼鬼鬼鬼----！」

啊！--我驚詫的嚇了一跳，原來我的吶喊聲，氣勢如虹？！把那些回話的山友都給嚇壞了！？

哈哈哈一！我的武功真是高強啊！心念一轉便豁然開朗起來，我破涕為笑。

原來是山腳下的山友，都是靠聲音回應找朋友，他們誤以為是我是他們的山友，才會搞出烏龍。

原本哭得很傷心的我，被這麼一攪和我也忍俊不住捧腹大笑了起來。

所以當你傷心的時候，轉換心情是很重要的。看淡事情會讓你心情愉悅。

為甚麼我會寫牛這本書，原因很簡單，就因為牛的事件是真有其事，是我親身經歷的事。每一個故事的瞬間，都牽動我無限的感情。

繪者 / 陳薇婷

　　我是陳薇婷，今年九歲，我有一雙水汪汪的大眼睛和一頭烏黑亮麗的長髮，從小Baby時就很喜歡畫畫，期望長大後能成為一名畫家。2016年在台北市大湖國小就讀國小三年級，我有一位帥氣又很會拉小提琴的哥哥，他每天都忙著拉小提琴，沒時間陪我玩。還好在我七歲的那一年，媽媽生了一位很可愛的妹妹，自從妹妹出生後，我就變成了家裡的小媽媽，因為我喜歡拿著奶瓶餵妹妹喝牛奶，也會替妹妹換尿布喔！媽媽看見了開心地對著我說：「你長大了，變懂事了。」

　　妹妹現在已經快三歲了，我和哥哥在吃東西時妹妹也想要吃。你們知道我妹妹最喜歡吃什麼嗎？偷偷的告訴你們，妹妹最愛吃冰棒了。

　　有一天，我們躺在床上正準備要睡覺時，爸爸回來了，他買了我們最愛吃的冰棒，因為我們已經刷過牙了，所以爸爸說明天再吃吧！我和哥哥有些失望，於是趁著爸媽不注意時，偷偷地躲在廁所裡吃冰，妹妹也拼命的擠啊擠的，擠到廁所裡和我們一起偷吃冰棒！

　　因爸媽工作關係我必須跟著轉學到澳洲double bay public school就讀。期望自己在出國後，繪畫創作的路能更上一層樓。希望同學們看到我畫的圖畫書就會想起我。祝福大家步步高升、天天Happy，歡迎大家搭飛機來雪梨找我玩。

畫家 / 高素寬

法國巴黎 E.A.P 藝術學院.
LISAA L'Institut Supérieur des Arts Appliqués

畢卡索說：「要畫得和拉菲爾一樣需要四年，但是要畫得像一個孩子則需要花一生的時間」。每個孩子都是藝術家。要成為大畫家的祕訣，就在於如何維持純真的心境。純真最可貴，就像火材棒只能燃火一次，純真一旦失去了，就永遠不能再回復了。

英國浪漫詩人華滋華斯說：我們帶著天光來到世界，但隨著社會化的成長，也逐漸失去天光，只剩下俗世的光，逐漸失去了孩童時期能與上蒼直接溝通的本能。他在〈我心雀躍〉這首詩中說，如果我們見到彩虹而內心不能有所感動，那真的就是雖生猶死了！「小孩是成人的父親」，我們要以小孩為師，永遠永保赤子之心，與彩虹為伴，活在大自然崇敬裡。薇婷的畫作便是如此透露著純真的天光。

薇婷的畫作樸質無華，但卻明心見性。沒有繁複的技巧誇示，只見單純的直覺本心。訴諸感性，沒有過多的理性計算牽絆。他以彩筆捕捉當下的感受，一筆一劃都是「強烈感情的自然流露」。

作畫時，太多的技巧傷害藝術，術越少，藝越多，技巧越多，內含越少。

薇婷的畫不見模擬大師的痕跡，避開了影響的焦慮，反而能以最原創的構圖與色彩，表現自己獨特的風格。

薇婷習畫，頗具天份。與其對話，語見機鋒，偈語自然而出，常有棒喝之撼。

這也得歸功於其父母給予的藝術啟蒙教育。沒有太多的干預，順其自然發展。

薇婷有自我，自然則不失個性。她作畫時，原創的念頭，信手拈來，源源不絕。

希望藉由牛的故事，深入兒童內心世界，幫助孩子體會「母愛」無所不在，

感受「母親」就是孩子的燈塔，媽媽在哪兒？哪兒就是最快樂的地方。

台北市大湖國小校長 / 李毓聖　　友情插圖 / 朱恩德

　　小時候讀老鷹學飛的故事覺得老鷹媽媽很殘忍，把不會飛的小鷹從高高的懸崖上推下，如果小鷹還是不會飛，那小鷹該怎麼辦？長大後經過人事的歷練，才發現不經一番寒徹骨，哪來梅花撲鼻香？孩子在成長的過程中，有時候適度的放手才能學得到能力，過度呵護相對孩子的成長，反而才是真正的殘忍，只是放手的尺度要如何拿捏，是需要大人們思索體會的課題。

　　小牛媽媽在河的這岸，看著小牛如何自己脫困，小牛只要像哥哥們一樣，使盡吃奶的力量，就能從泥淖裡脫身，但是小牛不敢嘗試，害怕失敗，他只好發洩情緒來引起長輩的同情陪伴，幸好，小牛媽媽相信他的能力，而陪伴他的閃電媽媽和棉花媽媽也努力的想了好多的方法來激勵他，最後終於成功激發小牛的潛力，讓小牛脫離險地。然而接二連三的考驗對孩子是否太難了，小牛才剛脫離險境，就又面臨渡河的考驗，怪獸媽媽不捨，決心回到孩子的身邊給他愛的抱抱，母愛無所不在，孩子總是在大人溫暖支持和鼓勵下，一次次克服困難，逐漸累積能力與自信。

　　何宜華老師熱情投入教學現場，細微觀察學童發展階段心理、深諳親子教養訣竅，累積豐富教學心得。

　　她運用自己多年來陪伴孩子成長的經驗，娓娓的說了這個故事，這是真正適合親子共讀的繪本，透過故事，她鼓勵孩子勇於挑戰，也分享身為父母放手的契機。父母希望呵護孩子平安快樂長大是亙古恆常的人性表現，也期待孩子長大後能夠適應社會生活、解決日常困難、擁有專長技能，展現自己服務人群，發揮生命的價值。

　　父母此時的教養方法態度與價值觀，決定這些期盼的達成率及品質。教養是父母充滿挑戰的功課，這功課可以從聆聽分享、閱讀書籍、實際體驗、孩子回饋、自身反思等歷程修習，「牛我愛你」充滿溫馨激勵與關懷、繪圖展現天真童趣，喜愛！

動腦時間

1. 說說看，是誰在河邊看到牛傳？

2. 你覺得故事中哪一隻牛長得最酷？

3. 小美為甚麼想把小米粒的腳鏟起來？

4. .故事中的哪一隻牛最有愛心？為甚麼？
《只要是合理的說詞，都請給予鼓勵。》

5. 當小米粒害怕時，誰會保護牠？

6. 為甚麼會閃電媽媽和棉花媽媽要帶小米粒過河？

7. 你心目中的母牛媽媽，是怎麼樣的牛傳？

8. 如果你是母牛你也會帶小牛過河嗎？

9. 小美為甚麼要對著牛說：「我愛你」？
《想出兩種理由，能講出三種那表示你很棒喔！。》